DATE DUE		

Catalogage avant publication de Bibliothèque et Archives nationales
du Québec et Bibliothèque et Archives Canada

Brochu, Yvon

    Au secours, mon tuba !

    (L'Alphabet sur mille pattes ; 2)
    Pour enfants de 6 ans et plus.

    ISBN 978-2-89591-107-4   c. 1

    I. Ouellet, Joanne. II. Titre..

PS8553.R6A92 2011   jC843'.54   C2010-940805-5
PS9553.R6A92 2011

Correction et révision : Annie Pronovost

Tous droits réservés
Dépôts légaux : 1er trimestre 2011
Bibliothèque et Archives nationales du Québec
Bibliothèque et Archives Canada
ISBN : 978-2-89591-107-4

© 2011 Les éditions FouLire inc.
4339, rue des Bécassines
Québec (Québec) G1G 1V5
CANADA
Téléphone : 418 628-4029
Sans frais depuis l'Amérique du Nord : 1 877 628-4029
Télécopie : 418 628-4801
info@foulire.com

Les éditions FouLire reconnaissent l'aide financière du gouvernement du
Canada par l'entremise du Fonds du livre du Canada pour leurs activités
d'édition.

Elles remercient la Société de développement des entreprises culturelles du
Québec (SODEC) pour son aide à l'édition et à la promotion.

Elles remercient également le Conseil des Arts du Canada de l'aide
accordée à son programme de publication.

Gouvernement du Québec – Programme de crédit d'impôt pour l'édition de livres –
gestion SODEC.

Imprimé avec des encres végétales sur
du papier dépourvu d'acide et de chlore
et contenant 10 % de matières recyclées
post-consommation.

Sources mixtes
Groupe de produits issu de forêts bien
gérées, de sources contrôlées et de bois
ou fibres recyclés
www.fsc.org Cert no. SGS-COC-003885
© 1996 Forest Stewardship Council

IMPRIMÉ AU CANADA/PRINTED IN CANADA

Au secours, mon tuba!

Auteur : Yvon Brochu
Illustrations : Joanne Ouellet

L'Alphabet sur mille pattes

Jungle des mille pattes

Dans la collection
L'Alphabet sur mille
pattes, des animaux
rigolos vivent des
aventures drôles,
drôles, drôles !

Ils sont 26.

Découvre l'histoire de
Dédé, **É**loïse
et **F**ernando
dans la Jungle
des mille pattes.

Chapitre 1

Dédé
l'as du tuba

Le soleil danse au-dessus de la jungle. Il est rouge et rond comme un beau ballon.

Concert
dans
10 minutes

Chaque soir, pour s'endormir, le soleil écoute la douce musique de la Fanfare du ballon rouge.

Dédé fait partie de cette fanfare.
C'est un éléphant bien jeune. Mais,
déjà, il est un as du tuba.

DOUM! DOUM! DOUM!....

Il est aussi un as de pique!

Il cache plus d'une surprise dans son
tuba, le comique!

DOUM! DOUM! DOUM!....

Dédé est un éléphant drôle et doux.

Il est aussi doux que les sons de son tuba tout doré.

DOUM! DOUM! DOUM!

Il est même plus doux que les bas de laine tricotés par Germaine, sa mère adorée.

DOUM! DOUM! DOUM!

Toute la journée, Dédé fait valser des dizaines d'amis papillons. Le vrai bonheur !

Pourtant, à la fin de chaque journée, c'est l'horreur !

Concert dans 9 minutes

Encore ce soir, notre ami éléphant est en retard. Il doit vite aller au concert.

Les amis de Dédé lui lancent des messages... de toutes les couleurs !

– Debout, Dédé!

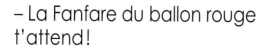

– La Fanfare du ballon rouge t'attend !

– Dédé, tu vas rater ton concert !

Dédé fait le dur d'oreille. Drôle d'idée ! Avoir de si grosses oreilles et ne pas s'en servir.

Ouf! Enfin! Dédé se lève et se dirige à pas de tortue vers de beaux bambous.

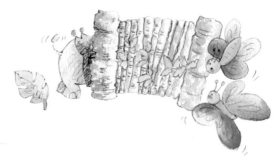

– Plus vite! font les papillons.

L'éléphant reste très calme. C'est qu'il est aussi un as… de la vitesse!

Le petit rigolo a fabriqué une moto. Ainsi, il peut se rendre au concert en quelques minutes.

Le conducteur Dédé démarre.

VROUM! VROOUM! VROOOOOUM!

– Pas trop vite! font les papillons.

La moto de notre ami vole sur le petit sentier comme une vraie fusée !

«Pas de danger ! se dit Dédé. Je suis un as du volant !»

Notre as de la vitesse a soudain des frissons.

– Un billot devant ma moto?... NON! UN CROCO!

Trop tard!... BOUM!... Dédé valse dans les airs.

Dédé tombe au pied d'un cocotier.
BOUM!

Il est découragé.

Dédé voit son tuba atterrir sur le dos d'un gros crocodile, dans la rivière.

Il aperçoit aussi un singe, qui grimpe dans le cocotier. Ah, le petit comique ! Il porte son beau chapeau.

Chapitre 2

Éloïse
la grande dame
de la grosse caisse

Éloïse joue de la grosse caisse dans la Fanfare du ballon rouge. Elle répète tous les jours.

BADABOUM! BOUM! BOUM!

Les animaux l'appellent madame Réveille-Matin.

Mais on l'appelle aussi la dame de cœur. La belle Éloïse a un cœur grand comme l'univers! Elle vole au secours de tous les amis qui ont besoin d'elle.

En ce moment, l'élégante Éloïse attend son bon ami, Dédé l'éléphant.

– Dédé est encore en retard! lance la girafe.

Éloïse rêve de donner un coup de baguette sur la tête dure de Dédé et de lui dire :

– Pars plus tôt, petit rigolo ! Et ne va pas si vite sur ta moto !

Soudain, des papillons forment un SOS dans les airs autour d'Éloïse.

– Dédé est en détresse ! se dit la girafe.

Aussitôt, Éloïse suit les papillons. Ses longues jambes dansent dans les airs. Elle est époustouflante. Elle va très vite...

Elle dépasse même certains papillons, qui sont à bout de souffle. Ouf !

Enfin, Éloïse s'arrête au pied du cocotier. Elle voit Dédé, assis et ébranlé.

– Debout, Dédé! dit la girafe. La fanfare nous attend.

– Éloïse, j'ai eu un accident. J'ai perdu mon beau chapeau!

– Dédé, ce n'est pas grave. On va le retrouver, ton chapeau.

L'éléphant lève les yeux au ciel.

– Je ne crois pas, Éloïse. Regarde dans le cocotier. C'est ce coco de petit comique qui l'a volé !

Éloïse voit le singe en haut.
Oh, oh!...

Aussitôt, elle allonge le cou. Elle étire
sa très longue langue et l'enroule
autour du chapeau. Puis, d'un coup
sec, elle vole le chapeau au coquin
coco.

Dédé est content de retrouver son
chapeau.

– Vite, Dédé, suis-moi!

– Éloïse, j'ai aussi perdu mon tuba.

DOUM! DOUM! DOUM!

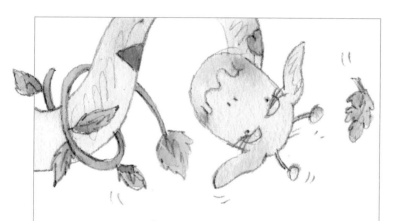

D'un coup, Éloïse devient toute
bleue. Normal, notre amie a une
peur bleue des crocodiles.

Concert
dans
5 min

Dédé est encore plus découragé.
Mais pas Éloïse ! Car une idée vient
soudain d'illuminer sa pensée...

Chapitre 3

Fernando
le roi du piccolo

Fernando joue du piccolo comme un roi. Ce félin musicien a un talent fou, fou, fou.

Les animaux de la jungle arrêtent tous leurs travaux quand Fernando joue du piccolo. Ils sont charmés par sa musique...

Fernando est aussi le héros de la Fanfare du ballon rouge. Chaque soir, il fait un solo de piccolo. Il est formidable !

Mais, ce soir, pas de Fernando ! Ni d'Éloïse ! Ni de Dédé !

Mais où est donc passé ce trio de petits rigolos ?

Concert dans 4 minutes

Fernando attend ses grands amis
Éloïse et Dédé.

Par bonheur, il est tout près de l'endroit
où la fanfare doit jouer.

Par malheur, le pauvre fauve s'est
endormi dans les fougères.

Fernando est le roi du piccolo, oui.
Mais ce félin est aussi le roi des
fêtards.

Il fait souvent la fête. Encore hier soir,
il s'est couché très, très, très tard.

Tout à coup, notre ami lion entend
BADABOUM! BOUM! BOUM! Il se lève.

– Flûte de flûte! Des coups de tambour!
C'est Éloïse!

Fernando a le museau fin. Il flaire le
danger. Il fonce dans la jungle.

Fernando file jusqu'au cocotier. Il
retrouve Éloïse et Dédé.

– Ouf! fait Fernando. Vous n'êtes pas
blessés. Vite, venez, le concert va
commencer!

– Impossible! dit Dédé.
Regarde, là-bas, mon
tuba est tombé sur
le dos d'un croco!

Éloïse fait part de son idée géniale à son bon ami lion.

Fernando joue aussitôt du piccolo et il endort les crocos. Quel magicien, ce félin musicien !

Et voilà, enfin, notre trio de musiciens repartis pour le concert...

Ouf! Dédé, Éloïse et Fernando sont arrivés juste à temps pour le spectacle.

Ce soir, les animaux assistent au plus beau concert de la Fanfare du ballon rouge.

Le soleil se couche ébloui !...

L'Alphabet sur mille pattes

Auteur : Yvon Brochu

1. Panique sur le petit lac
   Illustrations : Marie-Claude Demers

2. Au secours, mon tuba !
   Illustrations : Joanne Ouellet

3. Au voleur de médailles !
   Illustrations : Roxane Paradis